I0686430

ESQUISSES ET BLUETTES,

PAR

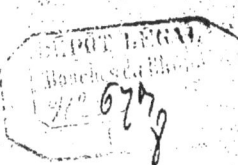

ERNEST LEJOURDAN.

MARSEILLE.

TYP. ET LITH. BARLATIER-FEISSAT ET DEMONCHY,

Place Royale, 7 A.

1858.

ESQUISSES ET BLUETTES,

PAR

ERNEST LEJOURDAN.

MARSEILLE.

TYP. ET LITH. BARLATIER-FEISSAT ET DEMONCHY,
Place Royale, 7 A.

1858.

C.

ESQUISSES ET BLUETTES,

PAR

ERNEST LEJOURDAN.

———o◦◦◦◦o———

A MONSIEUR J. ARNAUD.

—

Philosophe charmant, vieillard plein de jeunesse,
Toi, dont l'esprit conserve, à soixante-dix ans,
   Toute la fraîcheur du printemps,
   Et qui, fuyant, avec sagesse,
   Le tumulte d'une cité,
   Où l'on court après la richesse,
   Te consacre à la liberté,
   La poésie et la paresse,
   Pour célébrer ton heureuse vieillesse,
    Inspire moi de ta gaîté.
   Dans ta paisible et profonde retraite
   De cénobite, ou plutôt de poëte,
Tu t'enivres, en roi, du seul bien d'ici-bas,
La *médiocrité*, ce doux rêve d'Horace,
   Auteur français, à qui tu dérobas
   Et l'enjouement, et l'humeur, et la grâce.

1

Riant de l'homme et de tous ses travers,
Tu prends la vie en véritable sage;
Pour dissiper l'ennui d'un long pèlerinage,
Tu rimes des couplets, et tu chantes des vers.
Aussi le temps, ce Dieu de l'Univers,
Dont tout éprouve, ici-bas, le ravage,
Peut, sur ta tête, amasser des hivers:
Il ne pourra jamais changer ton âge.
Auprès d'un modeste ermitage
Tu t'es environné d'un véritable Eden,
Frais et délicieux jardin,
Où les plus belles fleurs, aux corolles riantes,
Où les plus gracieuses plantes,
Qu'on peut voir briller sous les cieux,
Vont s'épanouissant aux yeux
Dans toute leur magnificence.
Dans ce champêtre et suave séjour,
Tu prélasses ton indolence;
Horticulteur zélé, l'on te voit, chaque jour,
Avec un paternel amour,
Caresser tes jolis élèves;
Et, près d'eux, tu fais de beaux rêves,
Au murmure enchanteur des eaux
D'une monotone fontaine,
Et du jet continu d'un bassin, dont les flots
Sont pour toi les flots d'Hippocrène.
Ah! cultive longtemps, dans le sein du repos,
L'art divin de ne rien faire;
Longtemps encor, sur cette pauvre terre,
Conserve ta place au soleil;
Et, toujours rajeuni par ton gai caractère,
Entre paisiblement, bisaïeul centenaire,
Dans l'éternel sommeil.

A MADAME ***

REGRETS SUR LA MORT DE SON PERROQUET.

Toi, dont j'aimais l'étourdissant caquet,
Les gentillesses
Et les caresses,
Oiseau savant, gracieux perroquet,
Que je montrais avec gloire,
Et qui, plein de mémoire,
Avais de tes refrains
Appris à tes voisins
L'aimable répertoire,
Hélas, ma demeure aujourd'hui
N'entend plus tes chants d'allégresse ;
De ta vieille et bonne maîtresse
Tu ne dissipes plus les chagrins et l'ennui.
Sans vie, hélas ! devant moi tu reposes ;
Et ta charmante voix
A l'oreille, comme autrefois
Ne me dit plus de douces choses.
Tu ne viens plus, placé sur mes cheveux,
Enfler ton aile
De tourterelle ;

Et, me chantant tes airs les plus joyeux,
Avec tendresse,
Avec ivresse,
Me becqueter de ton bec amoureux.
Tu ne fais plus, avec malice,
Dans tes militaires ébats,
Des caporaux et des soldats
Le grotesque exercice ;
Tu ne fredonnes plus la chanson de Pierrot,
Ni le rataplan Huguenot ;
Tu ne furètes plus partout, avec ta grâce,
Et, vers le soir, quand la clarté s'efface,
Perroquet bien-aimé,
Sur ton perchoir accoutumé,
Tu ne viens plus prendre ta place.
Pauvre Jacquot,
Qui ne dis plus mot,
De ta maîtresse une simple imprudence,
Il est donc vrai, causa ta mort.
Malgré mon innocence,
Ah ! dans mon cœur je me sens du remord.
Quoi, sans secours, la nuit, dans un profond silence,
Asphyxié par la souffrance,
O mon fidèle ami, mon pauvre perroquet,
Tu noyas tristement ton heureuse existence
Dans les eaux d'un baquet !!!
Aimable oiseau que je regrette,
Qui paraissais donner un air de fête
A mon solitaire séjour,
A cette heure, de toi, je n'ai que le plumage ;
Avec plaisir je le vois chaque jour ;
Mais ton plumage seul vaut-il bien ton amour,
Et la folle gaîté de ton bruyant ramage ?

LE HAMAC.

—

Entre deux branches d'un chêne,
    Dans la plaine,
Au doux murmure du vent,
Une nacelle balance
    L'indolence
D'une gracieuse enfant.

Un charmant coussinet rose,
    Où repose
Son joli front assoupi,
De sa chevelure blonde,
    Qui l'inonde,
Garde mollement le pli.

Sur le hamac qui s'incline,
    Se dessine
La forme d'un corps mignon,
Et la tournure élégante,
    Ravissante,
D'un pied à la Cendrillon.

Elle berce avec tendresse,
    Sa paresse,
Et ferme à demi ses yeux ;

Le calme de la nature
Lui procure
Un sommeil voluptueux.

Parfois de l'escarpolette,
Sort la tête
De l'aimable chérubin,
Qui s'amuse, rit, sautille
Et babille,
Comme un vrai petit lutin.

Sa voix, douce et monotone,
Qui fredonne
L'air d'une vieille chanson,
Se mêle à l'eau bruissante,
Qui serpente
Dans les champs et le vallon.

Sa nonchalance rêveuse,
Langoureuse,
La rend plus jolie encor;
Dans son agile nacelle,
De leur aile
L'effleurent les songes d'or.

Heureuse, folle et coquette,
Dans sa tête,
Elle bâtit des châteaux;
Sa munificence efface,
Et dépasse,
Les contes Orientaux.

Avec la soie et l'hermine,
Alphonsine
Se pare de diamants;

Elle voit les cachemires,
    Les sourires,
Qu'offrent ses jeunes amants.

A cette riante image,
    Son visage
Emprunte un éclat vermeil ;
Puis, dans la simple innocence
    De l'enfance,
Elle achève son sommeil.

FANTAISIE.

—

Pauvres fous, battons la campagne ;
Que nos grelots tintent soudain ,
Comme les beaux mulets d'Espagne ,
Nous marchons tous , drelin dindin.
BÉRANGER.

La boule petite ,
Qui tourne et gravite
Autour du soleil ,
Où l'homme s'agite
Et , comme un ermite ,
Regagne bien vite
L'antre du sommeil ,
La machine ronde ,
Où sottise abonde ,
Roulant tout un monde
Dans l'immensité ,
Voit la pauvre espèce
De l'humanité ,
Qui flotte sans cesse
Entre la sagesse ,
La perversité ;
L'extrême richesse ,
L'affreuse détresse ;
La douce gaité ,
La sombre tristesse ;
La captivité ,
Ou la liberté ;
Entre l'innocence ,

La méchanceté ;
Entre la prudence,
La témérité ;
La stupidité,
Et l'intelligence ;
Entre la beauté,
La difformité ;
La vaste science,
La crasse ignorance ;
La vive clarté,
Et l'obscurité.
Ah ! sur cette terre,
Pleine de misère,
Que venez vous faire,
Mortels orgueilleux,
Bouffis d'insolence,
Qui, jetant les yeux
Avec assurance,
Sur la voûte immense
Que vous nommez cieux ;
Avez la démence
De vous croire Dieux ?
Votre frêle vie,
Comme un roseau plie
Au souffle du vent ;
Privés de défense,
Sans griffe ni dent,
On ne sait comment,
Au sein du néant,
Vous prenez naissance ;
Et, dès ce moment,
L'ennui, la souffrance,
Les chagrins, les maux,
Les sombres fléaux,
Les rudes travaux

2

De l'intelligence,
Les projets si beaux,
Fragiles châteaux,
Que dans vos enfances
Rêvent vos cerveaux
Remplis d'espérances,
Vos folles amours,
Abrègent les jours
Cependant si courts,
De vos existences.
Jouet du trépas,
Toi, qui ne peux pas
Avoir, ici bas,
Aux lieux où tu passe,
Le plus court espace,
Où puissent tes pas
Laisser une trace,
Dépouille l'audace
Et perds ton orgueil ;
Vois ta petitesse,
Pense à ta faiblesse,
Songe à ton cercueil.
Notre pauvre vie
Est, tout à la fois,
Une comédie,
Une tragédie,
Qu'on laisse à nos choix ;
Le sombre Héraclite
Bien souvent pleurait ;
Le gai Démocrite
Sans cesse riait.

L'EXILÉ.

—

Rendez une patrie
Au pauvre exilé.

BÉRANGER.

Daigne un instant enchaîner ton essor
Dans les déserts de la vaste étendue,
Blanche nuée aux belles franges d'or.
Pourquoi sitôt dérober à ma vue
De tes couleurs le ravissant trésor ;
Et, dans l'espace égarée et perdue,
T'ensevelir vers les brumes du Nord.
Par toi mon âme est doucement émue ;
Et, dans mon cœur oublieux de mon sort,
A ton aspect, la paix est descendue.
Oh! dans l'azur mollement suspendue,
Laisse-moi donc te contempler encor.
Tu dois aimer ton immense domaine ;
Car rien ne peut t'arrêter dans les cieux,
Et, comme nous, tu ne prends pas haleine.
Toujours du vent le souffle pur t'entraîne ;
Mais, vois, ce soir, tout est silencieux,
La brise dort et se tait dans la plaine.
C'est donc pour moi, nuage gracieux,
Que le hasard, vers ces climats, t'amène.
Dans un moment, pour ta course lointaine,
Tu reprendras ton vol capricieux ;
Mais ne rends pas mon espérance vaine ;
Repose toi ; tu réjouis mes yeux.

Comme j'aime à te voir , solitaire nuée !!
Que ne puis-je vers toi, semblable à la fumée ,
    Voler et m'asseoir sur tes bords !
Pour aller t'habiter , prête-moi donc des ailes ;
Dis , à qui t'a paré de couleurs aussi belles,
    De m'ôter le poids de mon corps .

        Ta forme élégante ,
        Ta grâce éclatante
        Décèlent un Dieu ;
        Le ciel où tu passes ,
        Conserve les traces
        D'un sillon de feu .

    Mais d'où viens-tu , charmant nuage ?
      Quel pays as-tu visité ?
  Où guides-tu , dans ton pèlerinage ,
    Ta fantaisie et ta beauté ?
Si ton Dieu ne t'a point confié de message,
Si , pour ton plaisir seul , tu poursuis ton voyage,
    Peux-tu conduire un étranger,
Nuée hospitalière , en un autre rivage ?
Si tu le peux , accueille un passager,
    Et là bas , vers la plage
    Où naquit l'exilé ,
Ramène moi. — Là bas , vois-tu bien , c'est la France ;
    De la revoir j'ai la sainte espérance,
    Et cet espoir m'a toujours consolé !
    Oh ! prends pitié de la souffrance
    Et des maux d'un pauvre exilé ;
Nuage hospitalier, rends-moi ma belle France.

AU FILET,

Qui portait nos provisions, lorsque nous faisions avec mon ami
A. Menu, nos promenades aux environs de Marseille.

—

(ÉPITRE).

Honneurs te soient rendus, utile compagnon
      De nos caravanes charmantes,
      Toi dont les mailles transparentes
Ont porté si souvent dans le creux du vallon,
      Sur les coteaux riants du *mamelon*,
      Ou sur le haut de la verte colline,
      De ces bons mêts appétissants,
          Rustiques et réjouissants,
Dont le goût, la saveur, la franche et bonne mine
      Satisfaisaient à la fois tous nos sens;
Filet simple et commode, auquel, toute la vie,
      Nos estomacs seront reconnaissants,
Je te célèbre en vers, malgré ta modestie.
Laborieux ami, dont l'esprit et les goûts
Avec les miens ont tant de sympathie,
Ce filet bien aimé, vous le rappelez-vous?

Vous souvient-il aussi de nos courses joyeuses,
    Folles, bruyantes et rieuses,
A travers champ, prés, monts et vaux ?
Nous ne respections rien ; les murs et les enclos
    N'arrêtaient pas notre vaillance.
      Désordonnés et tapageurs,
Comme des écoliers, dans les temps de vacance,
Nous allions, nous marchions devant nous, sans prudence,
    En infatigables chasseurs.
L'attrait de l'inconnu, qui séduisait nos cœurs,
De nos excursions doublait la jouissance.
Et bien souvent, malgré les cris intérieurs
    D'une timide conscience,
Chemin faisant, comme des maraudeurs
    Qu'aucun respect n'arrête,
    D'une main indiscrète,
    Nous volions des bouquets de fleurs ;
Nous dérobions les fruits les plus beaux, les meilleurs ;
Nous savourions la cerise aigrelette,
Dont les rameaux penchés vont tapissant la crête
    De ces pittoresques coteaux,
    D'où nous plongions sur des hameaux
Paisiblement assis dans une immense plaine,
    Toute jaune d'épis de blés
    Sous nos pieds déroulés,
Que la brise agitait avec sa douce haleine ;
Et des monts, tortueux comme un dos de chameau,
    La perspective infinie et lointaine,
    Encadrait le riant tableau.
    Et vous, pendant que j'enivrais ma vue
    De cette vaste et magique étendue,
Vous, étalant sur l'herbe, à l'ombre d'un vieux pin,
    Notre homérique et succulant festin,
Vous décoiffiez l'odorante bouteille,
    Dont les touchants et suaves glous glous

Charment tant votre oreille ;
Et, savourant deux ou trois coups
Avec lenteur, comme l'abeille,
Je vous voyais pomper le suc si doux
De la liqueur vermeille.
Alors ma soif brûlante se réveille ;
Je réclame, à mon tour, la gourde, et, comme vous,
Dont le contagieux exemple me conseille,
Je déguste ma part de la dive liqueur
Qui ragaillardit le cœur ;
Et puis, de main en main, de rasade en rasade,
Nous hâtons l'instant malheureux
Où la gourde, semblable au ventre d'un malade,
Commence à sonner creux.
Bientôt, talonnés tous les deux
Par un appétit indomptable,
Le même cri s'élève avec ardeur : à table !
Et dévorant déjà d'une dent redoutable
Les trésors précieux
Que le filet inépuisable
Avec un ordre exquis étale sous nos yeux,
En face d'un site admirable,
Sous le vaste plafond des cieux,
Nous déjeûnons devant une natte proprette,
Où sont rangés des hors-d'œuvres friands :
Chenille, Eymar, Moulet, composent notre fête.
Les mets sont trouvés excellents ;
Tout est bon jusqu'à la piquette.
Puis arrive la chansonnette
Dont les refrains galants
Nous parlent d'amourette ;
Puis les toast devienent fréquents.
Le vin sans eau, qui nous monte à la tête
Et met nos esprits en goguette,
Nous rend bientôt tous deux expansifs et bruyants.

Hélas, quand reviendront de semblables journées !!!
Vous, dont les longs travaux absorbent les loisirs,
Avez-vous oublié les faciles plaisirs
Dont nous berçaient ces heures fortunées ?
Que de gaîté dans ces simples repas !!!
Que de verve et d'entrain dans ces charmants ébats !!!
    Entourés d'ombre et de silence,
       A l'abri des fàcheux,
        Des regards ennuyeux ;
Enivrés de chansons, d'air et d'indépendance,
    Avec mollesse, une heure ou deux,
Nous coulions la belle existence,
Conforme à nos désirs, à nos goûts, à nos vœux,
    Nous confiant nos rêves d'espérance,
Nos regrets du passé, nos heures de souffrance,
Laissant monter à nous un flot de souvenir,
      Pendant que nous sentions venir
      Une suave somnolence.
Puis au murmure harmonieux du pin
Qui, comme un bruit monotone de houle,
Sur nos fronts assoupis mollement se déroule,
Dans un sommeil langoureux et divin,
Rafraîchi par la brise à l'haleine embaumée,
    En rêvant bayadère aimée,
Voluptueusement, nous berçons notre temps.
Ah ! faisons revenir ces douces promenades !!!
La nature revêt sa robe de printemps ;
Les fleurs, de toutes parts, éclatent dans les champs ;
Les oiseaux amoureux prolongent leurs roulades.
Au bruit joyeux des chants et des cascades,
Comme autrefois, suspendons à nos bras
L'inséparable ami, porteur de nos repas,
Et tous les deux encor, à travers les villas
    Éparses dans les campagnes,
    Courons égarer nos pas

Dans les vallons et les montagnes.
Surtout n'oubliez pas ce merveilleux chapeau
Dont vous ne connaissez plus l'âge,
Qui nous parut, un jour, fabuleusement beau
Par un gros temps d'orage,
Lorsqu'à la fois éponge, et gouttière et ruisseau,
Il vous baignait cheveux, col et manteau,
Et qu'il engloutissait parfois votre visage.

LES RUINES D'ATHÈNES.

—

Athène est triste, et cache au front du Parthénon
Les traces de l'Anglais et celles du canon ;
Et, pleurant ses tours mutilées,
Rêve à l'artiste grec, qui versa de sa main
Quelque chose de beau, comme un sourire humain,
Sur le profil des Propylées !

VICTOR HUGO.

Vous, dont la voix semble, attendrie,
Gémir des ravages du temps,
Hôtes de ces vieux monuments,
Oiseaux, charmez ma rêverie.

Dans la plaine, au loin, tout s'endort ;
L'écho taciturne sommeille ;
Aucun bruit ne frappe et n'éveille
Ce vaste silence de mort.

Au doux battement de vos ailes
Mêlez donc vos tristes soupirs ;
Ce lieu, peuplé de souvenirs,
Aime les plaintes éternelles.

Egaré sous ces beaux climats,
Vers cette grève solitaire,
Enfant d'une terre étrangère,
Je suis venu porter mes pas !

J'ai déjà visité la Grèce,
Cette mère de demi-dieux;
Sur des débris religieux
J'ai traîné déjà ma tristesse.

Et, maintenant, sombre et rêveur,
Je viens, ô Cité vénérée,
Voir, dans ta poussière sacrée,
Ce qui te reste de splendeur.

Hélas! qu'as-tu fait de ta gloire?
Que sont devenus tes autels,
Athène, et ces fils immortels
Dont résonne encor la mémoire?

Où sont ces temples fastueux
Que décoraient des Praxitèle,
Et que le pinceau des Apelle
Semait de tableaux merveilleux?

Montre-nous ce peuple, idolâtre
De la poésie et des arts,
Plein de furie au Champ de Mars,
Plein d'enthousiasme au théâtre;

Ce peuple, aimable épicurien,
Spirituel, ingrat, frivole,
Préférant les cris de l'école
Aux maximes du Stoïcien.

Dresse devant nous ces statues,
Jupiter, Vénus et Pallas,
Que le ciseau de Phidias
Fit surgir du bloc, toutes nues.

Ressuscite les jours si beaux
Des saturnales effrénées,
Où des bacchantes déchaînées
Promenaient l'orgie aux flambeaux.

Dévoile-nous la prophétesse
S'agitant sur son trépied saint,
Et faisant sortir de son sein
La divinité qui l'oppresse.

Arrondis ces cirques pompeux
Que courait inonder la Grèce,
Admirant la force et l'adresse
De ses lutteurs victorieux.

Offre ces bas-reliefs antiques,
Où tes hauts faits resplendissaient !
Dis-nous où s'épanouissaient
Les colonnes de tes portiques !

Etale ces banquets vantés,
Où ta jeunesse, folle et vaine,
Le front couronné de verveine
Et rayonnant de voluptés,

Célébrait, auprès d'Aspasie,
Le vin de Chypre et les amours,
Et savait embellir ses jours
De fleurs, de chants, de poésie.

Sous les doux rayons de ton ciel,
Emplissant leur urne aux fontaines,
De tes jeunes Vierges, Athènes,
Découvre le type immortel.

Montre-nous, embellis d'ombrages,
L'élégance de tes jardins,
Et la mollesse de ces bains
Qui captivaient jusqu'à tes sages.

Déroule enfin la majesté
Des merveilles de l'Acropole,
Où planent, comme une auréole,
Trente siècles de vétusté.

Empreints d'une grandeur divine,
Range les marbres des tombeaux;
Enfle les voiles des vaisseaux
Qui triomphaient à Salamine.

Mais d'un si magique passé,
A quoi bon rappeler l'histoire?
Ici, tout parle de la *gloire*
D'un peuple à jamais effacé.

A tant de vie et de puissance,
A tant de lumière et de bruit,
Ont ici, succédé la nuit,
La solitude et le silence.

Mon cœur saigne et ma voix soupire.
Remontons le fleuve des ans.
Comment s'engloutit cet empire?
Parlez, oh! parlez, monuments!
De sa grandeur sublime image,
Vous seuls, jusqu'ici, d'âge en âge,
Avez, échappant au naufrage,
Vu les siècles avec mépris;
Parlez-moi. Ce n'est plus un rêve
Athène est morte; — sur sa grève

Une ville obscure s'élève ;
Mais Athènes n'est qu'un débris.

Pouvons-nous dans l'humble bourgade
Qu'embrasse un seul de nos regards,
Voir la cité des Miltiade,
Illustre berceau des beaux-arts,
Qui jadis, de rage écumante,
Pour sa liberté chancelante,
Seule, armant sa main foudroyante
D'un vaste bouclier de fer,
Comme on écrase un ver, à terre,
Anéantit l'Asie entière,
Et fit rouler dans la poussière
Le Roi qui flagellait la mer.

O doux habitants des collines,
Oiseaux, gémissez avec moi.
Soupirez après ces ruines
De la cité d'un peuple-roi.
Oui, cette ville si hautaine
Des Sophocle, des Démosthène,
Qu'on nommait autrefois Athène,
Cette ville, au corps de géant,
Cette autre Rome colossale,
Dans le monde entier sans rivale,
Elle est, là, couchée, et n'étale
Que le triomphe du néant.

Et ce Dieu, dont la main se joue
Dans la machine d'ici-bas,
Qui couvre de poudre et de boue
Les moindres traces de nos pas,
Le Temps, dont l'aile est si rapide,
Qui, vieillard agile et sans ride,

Repaît son œil creux et livide
De ruines et de tombeaux ,
Assis au haut du Penthélique ,
Contemple la Reine d'Attique ,
Et se rit de sa gloire antique ,
Dont il a laissé des lambeaux.

Des barbares les mains impies ,
Pour achever l'œuvre du temps ,
Ont ravi , comme des harpies ,
Les ouvrages de ses enfants.
Les divinités tutélaires ,
Dont elle vantait les mystères ,
Avec des torches funéraires ,
Ont déserté son Parthénon :
Son immortelle poésie
N'a plus de coupe d'ambroisie ,
Et son pinceau n'a plus de vie ,
Et sa liberté plus de nom.

Ah ! près de tes flots dors , sans crainte
Qu'on ne te réveille jamais.
Nous pleurerons ta gloire éteinte ;
Toi , poursuis ton sommeil en paix.
L'être, que l'Univers adore ,
Pour toi ne fera point encore
De la splendeur surgir l'aurore ,
Ni ne ranimera tes os ;
Ni , du haut de son empyrée ,
Soufflant sur ta cendre sacrée ,
Ne rendra ton âme inspirée
Par l'accent mâle des héros.

A UN AMI.

(ÉPITRE).

—

C'est donc ainsi que tu tiens ta promesse !
Voilà six mois que tu ne m'as écrit ,
Et qu'au chevet de la molle paresse ,
Nonchalamment sommeille ton esprit ;
Et moi, candide ami , vivant loin de Lutèce ,
    Je demande sans cesse
    Aux échos de mes bois,
Ce que devient celui qui me délaisse
    Depuis six mois.
  C'est ainsi qu'on me récompense !!
    A ces regrets de chaque jour,
Qui , seuls , viennent troubler la paix de mon séjour,
    Tu réponds par l'indifférence !!
  D'un vieil ami, le touchant souvenir,
    Ingrat, veux-tu l'ensevelir
    Dans l'oubli du silence ?
    « Loin des yeux, loin du cœur. »
Cet adage, pour toi, n'est certes pas menteur.
Quand tu quittas, pourtant, le modeste village,
    Où je vis à l'égal d'un sage ,

La douleur du départ sembla te rendre fou ;
Tu te fâchas, tu te mis en colère ;
Tu m'embrassas, tu me sautas au cou,
Tu fis l'enfant, comme à ton ordinaire.
Abandonner le pauvre solitaire !!!
C'était par ci....., c'était par là.....
Je te promets ceci....., je te promets cela.....,
  Tu promettais monts et merveilles ;
   Et puis, je dirai.....
   Et puis, j'écrirai.....
  Tu m'étourdissais les oreilles.....
   Mais, écolier léger et paresseux,
   Dès que tu t'envoles ;
Avec toi disparaît le bruit de tes paroles ;
Et, tu sais du passé devenir oublieux.
   Eh quoi ! cela m'étonne ?
Seras-tu donc jamais un esprit sérieux ?
  ..... Mais, comme à la Sorbonne,
   On gagerait que je fais la leçon ;
   Taisons-nous donc. — Notre sermon
   Ne profiterait à personne.
J'ai renoncé, d'ailleurs, à te parler raison.
  Voyons, mon âme, douce et bonne,
Ne connait pas ce *fiel*, que la dévotion
Comme un présent de Dieu nous donne ;
Tu ne mérites pas, vraiment, une couronne ;
Mais, aussi grand qu'Auguste, en cette occasion,
Je dis : soyons amis, *Cinna*..... je te pardonne.
Bast, assez plaisanté..... dis-moi, sous le ciel gris
   De ce Paris,
  Où la foule tourbillonne,
 Dans cette ville où, jour et nuit,
Du rire et des sanglots naît et grandit le bruit,
  Dans cette Babylonne immense,
  Où le luxe éclatant des chars

Traînant l'orgueilleuse opulence,
Heurte de toutes parts
Les guenilles de l'indigence ,
Dis-mois , que deviens-tu ? — Ce climat nébuleux ,
Ce fracas quotidien , cette crotte incessante ,
Cette multitude effrayante ,
Cette affreuse misère et ces vices hideux
Que toute capitale enfante ,
Tous ces plaisirs vertigineux
Et ruineux ,
Que rêve une jeunesse ardente ,
Mais que procurent seuls de bons coupons de rente ,
Tout cela te rend-il heureux ?
Comment vis-tu ? — Ta maigre bourse ,
En aucun temps , ne t'a , ma foi ,
Offert une grande ressource :
Et je crois bien , qu'hélas, comme pour moi ,
Chevet et l'Opéra ne sont pas faits pour toi.
Alors , à quoi
Se passe ta longue journée ?
As-tu trouvé ce magnifique emploi
Qui doit changer ta destinée ,
Par tes beaux rêves d'or
Toujours splendidement ornée ?
Et tes illusions , durent-elles encor ?
Hélas , nos épis d'espérance
Tombent , tous , moissonnés par la réalité ;
Le souffle de la vérité
Fait crouler nos châteaux de cartes de l'enfance.
As-tu donc rencontré ce fameux directeur,
Qui doit te couronner des palmes du théâtre ?
Et cette perle d'éditeur,
Qui doit donner au jeune auteur,
La réputation , dont il est idolâtre ?
Les trouves-tu , ces gens , à te plaire empressés ,

Ces bonnes gens, tous désintéressés,
A l'âme, expansive et sincère ?
Les as-tu dénichés, tous ces beaux sentiments,
Qui fourmillent dans les romans,
Et dont l'humanité se montre toujours fière ?
Oh ! va, nous connaissons ton petit caractère ·
De malencontreux accidents
Ont dû froisser déjà ton âme altière.
Alors, pour oublier tes désenchantements,
Pour tuer les ennuis de l'heure,
A travailler, dans ta demeure,
Auprès du feu, tu consumes le temps,
Dans un coin du cerveau, caressant ta marotte !
Travailler, toi !! Je crois que je radote.
Je suis sûr que tu cours après le cotillon
De quelque grisette,
Luronne et coquette,
Qui, te voyant assez simple garçon,
Arrive vite à te troubler la tête ;
Et, voilà mon poëte
Avec sa Frétillon
Guillerette,
Emprisonné sous un jupon.
Ah ! non, non,
Par amitié pour toi, par respect pour ta gloire,
Je refuse à le croire.
Si l'attrait d'un joli minois,
Et si les charmes de la voix
D'une sirène,
Ont pu, sans beaucoup de peine
Et sans danger,
Te prendre au piége, au moins, ces filles d'Ève
N'ont eu, comme le rêve,
Que d'une nuit le règne passager.
Mais, Dieu ! que vient-on de m'apprendre ?

On m'écrit à l'instant de Paris..... (Rien de toi
     Peut-il à présent me surprendre?)
Que , toujours obstiné, toujours cerveau brûlé ,
Dans les littérateurs tu veux être enrôlé ;
Que, bien que chaque instant t'apporte son déboire ,
Aux honneurs d'un grand nom tu persistes à croire ?
Insensé ! Que fais-tu des conseils d'un ami ?
     Faut-il qu'un destin ennemi ,
     Malgré moi, t'entraîne à ta perte ?
  Peut-être , un jour , quand la bourse déserte,
     Quand la famine et le chagrin ,
     Viendront montrer au jeune maître
  Le ridicule orgueil de son dessein ,
     Dans sa douleur , peut-être ,
     Pourra-t-il reconnaître
L'amitié de celui , qui te sermonne en vain.
C'est donc bien décidé ; tu veux être poëte ;
Ce projet a germé dans ta mauvaise tête.
     Faire des vers ! Ah ! sans regrets ,
Pour te dissuader d'une telle entreprise ,
Pour t'en montrer au doigt quelle en est la sottise ,
     Oui , je voudrais
     Prendre les traits ,
     Et le ton rogue
     D'un pédagogue ;
     Je m'enflammerais ,
     Je consumerais
     Toute ma science ;
  Et, sans doute, à grands frais
  De rhétorique et d'éloquence ,
  Tout en sueur, je parviendrais
A te réduire au plus complet silence.
Car , vois-tu, cher, malgré ton espérance,
(Crève, si tu le veux, de rage et de dépit);
     Moi , ton ami , je pense

Que sans contredit,
Tout est déjà dit,
En beaux vers, en prose,
En prose, en beaux vers,
Et sur tous les airs;
Le bel enfant rose,
Le vieillard morose,
Les cieux et les mers,
Les feux des éclairs,
L'ennuyeuse rose,
Étés, comme hivers,
Pour la rime éclose;
Et les arbres verts,
Et les fruits divers,
Savoureux desserts,
Aimés et pour cause;
Toute belle chose
De notre univers,
Qu'à tort, à travers,
A puissante dose,
Rimeur, tu nous sers,
Sans pitié ni pause.
Rien n'est plus nouveau;
Partant, je t'assure
Que rien n'est plus beau.
L'homme aussi murmure;
Car tout est fané,
Tout est moissonné
Dans notre nature,
Cette fille impure,
Qui, depuis longtemps,
Se livre en pâture
A tous ses amants.
La belle verdure,
Les riantes fleurs

Aux fraîches corolles,
Aux douces odeurs,
Les lis et les saules,
Les pins, les tilleuls,
Les ifs, les glaïeuls,
Ont joué leurs rôles.
Adieu les coteaux,
Qu'aiment les troupeaux!
Adieu les prairies,
Que mai voit fleuries,
Et les rêveries
Aux bords des ruisseaux!
Adieu, l'hirondelle
Effleurant de l'aile
Les toits des maisons!
Et les demoiselles
Aux corsages grêles,
Amantes des joncs!
Et les papillons,
Aux couleurs si belles,
Ces coquets lions,
Toujours infidèles,
Prodiguant leurs dons
A toutes les belles!
Adieu les buissons
Où de la fauvette,
L'oreille indiscrète
Entend les chansons!
Adieu, l'églantine,
La blanche aubépine
Au parfum divin,
Où tout un essaim
D'abeilles butine!
Adieu, le printemps,
Les robustes chênes,

Et les grandes plaines
Aux blés ondoyants,
Que courbent des vents
Les folles haleines;
Les flots murmurants,
Encor plus vieux qu'Eve,
Qui baisent la grève,
Depuis six mille ans!
Je te le répète,
Mes conseils, Henri,
Sont ceux d'un ami,
Humble anachorète,
Qui, dans sa retraite,
Vit en campagnard,
Sans creuser sa tête;
Car la chansonnette
A dit quelque part
Que l'esprit rend bête.
Vois-tu, le hasard
Sur cette planète
T'a jeté trop tard.
Te rêver, poëte,
Par ces temps, où l'art
Sans honneur végète,
C'est rêver sornette.
Aussi ton dessein,
Orgueilleux et vain,
Me fait-il sourire
D'un peu de dédain.
Ah! tu veux écrire.
Vraiment, je t'admire!
Mais que vas-tu dire,
Mon jeune écrivain?
Et la poésie,
Et sa harpe d'or,

Et son ambroisie,
Cher, tout cela dort.
Le poëme et l'ode
Sont passés de mode,
Comme le bon goût;
Aujourd'hui l'artiste
C'est l'homme égoïste,
Matérialiste,
Et blasé sur tout.
Quoi qu'elle t'inspire
De ses doux accents,
Va, laisse ta lyre,
Reviens au bon sens.
Aux chagrins ravie,
Loin de ta cité,
Consacre ta vie
A la Liberté.
Des penchants agrestes,
Et des goûts modestes,
Joints à tes amours,
Dans quelque ermitage,
Près de mon village,
Charmeront tes jours
De pèlerinage.

A Mlle DÉJAZET.

—

Gloire à toi, fée enchanteresse,
Trésor d'esprit et d'enjoûment,
Et de grâce et de gentillesse,
Qui sais unir, à l'attrait du talent,
  Le secret ravissant
  D'une éternelle jeunesse;
Gloire à toi, Virginie, enfant gâté des Cieux
  Qui, de dons précieux,
  Apparus au jour embellie,
  Pour chasser la mélancolie
  D'un monde, hélas ! qui se fait vieux.
Sémillante Ninon, dis-nous donc ta puissance.
Qui t'apprit l'art de chanter le couplet
Avec ces doux accents de doux rossignolet ?
Qui t'indiqua la source de Jouvence ?
Où vas-tu copier les airs et l'arrogance,
  Et la noble élégance,
  Avec le ton exquis,
  De ces vieux marquis
  De la vieille France ?
  Qui t'a donné cette gaîté
  Et cette grâce souveraine,
  Plus belle encor que la beauté,

Pour parler comme Lafontaine ?
Et cet entrain , cette fécondité ,
Dont rien jamais ne tarira la veine ?
Où prends-tu la limpidité ,
L'harmonie et la pureté
De ton organe de sirène ?
Jamais voix humaine ,
Sur aucune scène ,
Ne mit tant de suavité
A chanter la faridondaine.
C'est pour toi qu'on a dit : *Vouloir*,
    C'est *pouvoir*.
A tes yeux , rien n'est possible
    Comme l'impossible.
    Sur ton chemin ,
    Jonché de roses ,
    Les métamorphoses
    Éclatent soudain :
      Les Lisettes ,
        Gentillettes ,
Au frais minois, pied sautillant ,
      Les comtesses ,
      Les duchesses ,
Au port altier, au ton cassant ,
      Et les douairières ,
      Et les dominos ,
      Et les beaux pierrots ,
      Et les Létorières ,
      Et les Richelieu ,
      Sous ton doux sourire ,
      Tout naît, tout respire ;
Tu peux créer tout, comme un autre Dieu.
      La moindre ariette ,
      La moindre chanson ,
   Sortant de ta lèvre coquette ,

Est dite , de façon
Qu'elle devient parfaite.
D'ailleurs, ton seul nom
Ne dit-il pas assez combien tu fus complète ?
Fraîche voix ,
Je me répète ,
Oui , fraîche voix ,
Ravissant minois ,
Et puis . souplesse ,
Et puis , finesse ,
Et goût et choix ,
De l'esprit jusqu'au bout des doigts ;
N'as-tu donc pas, avec largesse,
Tous les biens que le Ciel départit ici-bas ?
Aussi , les couronnes
Que tu moissonnes ,
Le temps ne les flétrira pas.
Le temps, d'ailleurs, ce vieux goutteux , t'oublie ;
Il se rappelle encor, lorsque , petite enfant ,
Ta mère, au bruit d'une chanson chérie ,
Dans ton berceau t'endormait lentement ,
Qu'un ange au corps de sylphe, au visage charmant,
Précieux gardien de ta vie,
Lui défendit, et d'un ton menaçant,
De jamais attacher une ride ennemie
Sur ton front souriant.
Mais cessons…. ma verve est mourante ;
Ces petits vers, fruit du loisir,
Grâce pour eux…. je viens te les offrir
D'une main tremblante.
Grâce…. car je n'ai pu résister au plaisir
De te dire moi-même ,
Une fois encor,
Qu'en admirant ton beau génie , on aime
Ton cœur d'or.

ÉLÉGIE.

—

SUR LA MORT D'UNE JEUNE FILLE.

—

A MON AMI GASQUY.

—⟨∞⟩—

.... Elle avait seize ans : c'est bientôt pour mourir.
                                LAMARTINE.

Dans le domaine du trépas,
Où s'endort l'humaine souffrance,
Étouffons le bruit de nos pas ;
Pour écouter ce qu'on leur dit tout bas ,
Les morts ont besoin de silence.
Ici s'épanchent la douleur,
Et les larmes et la prière;
Ici , les pieds dans la poussière,
On verse les sanglots et les chagrins du cœur
Auprès d'un tertre funéraire.
Mais au milieu du morne cimetière,
Sous l'ombrage touffu de ce pâle cyprès,
J'aperçois le séjour, où celle que j'aimais,
Loin du tumulte et des maux de la terre,
        S'est réfugiée , à jamais,

Sous cette humble croix solitaire.
A genoux !! c'est ici que repose ma sœur,
Ma sœur qui, moissonnée à l'aube de la vie,
S'est vue à l'avenir, à l'amour, au bonheur,
     Cruellement ravie !
     Par ce sombre faucheur,
Dont l'âme inexorable et toujours endurcie
     Se rit de l'âge et du malheur.
     O Philomène bien-aimée !
Que de ton frère en deuil les larmes et la voix,
Dans l'asile suprême où tu gis enfermée,
     Éveillent, encore une fois,
     Ta cendre un instant ranimée !
Être chéri, que les pas d'un vivant,
Qui vient placer la funèbre couronne
     Sur ton modeste monument,
     Avec l'insecte qui bourdonne,
     Le bruit plaintif du vent,
Troublent, autour de toi, le silence effrayant
     Qui partout t'environne !!
Oh ! parle, réponds moi : — Ne regrettes tu rien
Sous cette dure couche où la terre t'oppresse ?
La paix, dont tu jouis là-bas, vaut-elle bien
Du toit natal l'expansive tendresse ?
     Et le monde, qui te délaisse,
     L'ingrate amitié qui te fuit,
     Le soleil, qui brille sans cesse,
     Et dont tes yeux sont privés jour et nuit ;
La danse, la gaîté, le mouvement, le bruit,
Les plaisirs enivrants de la belle jeunesse,
Quand tu songe à cela, réponds moi, la tristesse,
Comme un affreux remords, n'est-ce pas, te poursuit ?
Dieu ! que tu dois pleurer ta destinée,
Lorsqu'évoquant ces biens, pour toujours disparus,
Ces rêves de bonheur que tu n'as qu'entrevus,

Tu te vois, à vingt ans, loin de nous condamnée,
A raidir, au tombeau, tes membres froids et nus !
Le soir lorsque la nuit étend ses sombres voiles
    Dans le vaste champ de la mort,
Que d'un sommeil profond la ville entière dort,
Et que le ciel revêt sa parure d'étoiles,
    A cette heure, de ton cercueil
    Ta pauvre âme plaintive
    S'échappe fugitive,
Pour confier au vent ses regrets et son deuil.
    Alors, comme une âme en peine,
    Tu dois exhaler ton tourment;
Et, quelquefois, le nom de ceux qui t'aimaient tant,
Lentement soupiré d'une voix incertaine,
A travers les cyprès se prolonge et se traîne ;
Et le vent, attendri par ton gémissement,
Semble, pour t'écouter, suspendre son haleine.
    Nous aussi, nous sommes navrés ;
Nous aussi, nous pleurons comme toi, Philomène.
Car ton départ si prompt nous a désespérés ;
Car ce coup foudroyant nous a tous atterrés ;
Et, quand pour toi la vie était encor si pleine,
Oh ! nous ne pensions pas que tes restes sacrés,
    Du linceul lugubre parés,
   Dans la triste et fatale arène
   S'engloutiraient, promptement enterrés.
   Hélas, pour moi quelle horrible journée,
Quand, la mort dans le cœur, les sanglots dans les yeux,
    Le front nu, la tête inclinée,
Je te fis, ô ma sœur, les suprêmes adieux.
    Dans le sol je te vis descendre ;
    Et, d'une tremblante main,
Sur ton corps disparu je jetai de la cendre ;
Puis, je restai muet, poignardé de chagrin.
Il me semblait te voir ; sereine et souriante,

Le regard tourné vers ton dieu,
D'une lèvre, froide et mourante,
Tu murmurais le mot, *adieu*.
Ta main, raide et glacée,
Dans ma main se trouvait pressée ;
Sur ton front siégeait la pâleur ;
Mais tes traits étaient beaux de candeur et de grâce ;
Mais ton visage, inondé de douceur,
D'une grandeur auguste offrait la noble trace ;
Et, s'envolant vers un monde plus beau,
Il me semblait sur des ailes de flamme,
Voir s'échapper ton âme
Du corps, qu'on mettait au tombeau.
Mortels enorgueillis d'une vaine science,
Vous, dont le scepticisme a tué la croyance,
Vous, qui suintez l'ennui, le dégoût et le fiel,
Non, vous ne pourrez pas m'enlever l'espérance
Que j'ai, d'un destin immortel ;
Ma sœur, je crois en une autre existence ;
Nous nous reverrons dans le ciel.

LE GÉNIE.

—

Le front environné d'astres et de lumière,
Le génie est un Dieu, qui marche sur la terre
Pour sauver les humains des ans injurieux;
La mort a beau frapper ses coups inexorables;
Nos cendres et nos jours ne sont point périssables,
Quand ce dieu vient sur nous planer victorieux.

Et ce Dieu vit partout, et partout est son temple;
L'avenir, à ses pieds enchaîné, le contemple;
Il est: il ne connaît que l'immobilité.
En vain défileront les siècles et les âges;
Ses lauriers répandront leurs immortels ombrages;
Enfant de l'éternel, il vit d'éternité.

LE PONT DE ROQUEFAVOUR.

Chacun de ces arceaux encadre le soleil.
MÉRY.

A M. DE MONT-RICHER.

De célébrer du Pont le magnifique ouvrage,
J'ai tenté, dans ces vers, le périlleux projet.
Veuillez me pardonner, en faveur de mon âge,
De n'avoir pas atteint la hauteur du sujet.

Découvrons-nous ! c'est lui ! c'est bien lui ! c'est le Pont !
Son triple rang d'arceaux a surgi d'un seul bond !
Le voyez-vous grandir, grandir toujours ? sa tête,
Qui, des monts, ses voisins, humiliant la crête,
Se déroule, debout, dans son immensité,
Fait rayonner bien haut le nom d'une cité.
Car sa masse, où la force à la grâce est unie,
Respire l'élégance et la calme harmonie.
Salut, à toi, salut, chef-d'œuvre audacieux,
Qu'une main téméraire a jeté dans les cieux ;

A toi, qui, bienfaisant comme la Providence
Nous verses, chaque jour, la vie et l'abondance,
Qui, fécondant un sol jadis déshérité,
Le pares des trésors de la fécondité !
On raconte qu'un jour les Francs, nos premiers pères,
Au moment de frapper les arches séculaires
Du Colosse, élevé par le hardi Romain,
Non loin de Nemausus, s'arrêtèrent soudain.
On eût dit, que la pierre avec art élancée,
Désarmant les accès d'une rage insensée,
Du Barbare avait su fasciner le regard,
Pour sauver à jamais la merveille du Gard.
Si ces calamités reparaissaient encore,
Si, du nord au midi, du couchant à l'aurore,
Réveillant leur courage aux appels du tambour,
Le Cosaque du Don, le sauvage Pandour,
Accouraient dans leur vol vers ton arche si fière,
Tu les verrais aussi, baisser leur cimeterre ;
Et, frappés tout-à coup,, de ton sublime aspect,
Te contempler, saisis d'un religieux respect.
Qu'on ne vienne donc plus tant vanter nos ancêtres ! !
Quand nous le voulons bien, nous dépassons nos maîtres;
Comme une Pyramide, une Tour de Babel,
Nos ouvrages aussi s'élèvent jusqu'au Ciel.
O Pont, que je suis fier quand mon regard t'admire !
Quand ta masse imposante et m'effraie et m'inspire !
Quand, du faîte à tes pieds, parcourant ta splendeur,
il me semble, avorton, grandir de ta grandeur.
Alors, rêveur, je tombe en une longue extase,
A l'aspect de l'Hercule en granit qui m'écrase.
Ah ! contemplez du Pont la sublime beauté,
Lorsqu'un torrent de feux l'inonde dans l'été !
Qu'au loin le spectateur, voit, d'étage en étage,
Devant lui s'encadrer un nouveau paysage !
Qu'en vrais arcs de triomphe, éclatants et hardis,

Ses arcs majestueux s'élancent arrondis !
Le Pont, contemplez-le par un jour de tempête,
Quand tous les éléments rugissent sur sa tête,
Que la pluie, et la foudre, et la grêle et les vents,
A travers les arceaux, ces orchestres bruyants,
Déchaînent, en ces lieux, leur sauvage harmonie ;
Que la pompe du Ciel, un instant est ternie ;
Calme, debout, le Pont, dans ce Ciel attristé,
Lève son noble front avec sérénité.
Mais le site, au printemps, revêt un air de fête.
Suspendu, dans les airs, sur ce radieux faîte,
Le touriste charmé découvre le berceau
Que construit l'hirondelle, au coin de chaque arceau.
Il peut, d'un seul regard, embrasser cette plaine,
Où court, en serpentant, la tortueuse chaîne
Des lourds waggons, lancés sur un chemin de fer,
Qui, passant, sous le Pont, comme un rapide éclair,
Vers la riche Marseille avec ardeur s'élancent.
Partout sur les rochers, les pins qui se balancent
Inondent de fraîcheur le vallon gracieux.
Quand l'Angelus du soir, attendrissant les Cieux,
Retentit, qu'allongeant ses arches colossales,
Le Pont a revêtu ces belles teintes pâles,
Ces douteuses lueurs, qu'à son couchant vermeil
Jette, en guise d'adieu, le disque du Soleil,
Alors, les rangs pressés de son vaste portique
Prêtent aux environs comme un air féerique ;
Et le Pont, qui, le jour, nous semble né d'hier,
A l'heure, où l'ombre accourt et se glisse dans l'air,
Revêt soudainement la couleur sombre ou grise,
Qui le vieillit d'un siècle, et qui le poétise.
Et, loin, derrière lui, pâle et silencieux,
D'une lumière molle enveloppant les Cieux,
A la crête des monts, l'astre des nuits se penche,
Et surgit entouré d'une auréole blanche.

A cette heure, assoupi par le calme et l'oubli,
Dans de graves pensers on reste enseveli;
Et l'immortel géant de l'heureuse Provence,
Qui, seul a terminé trois mille ans de souffrance,
Nous fait bénir celui dont le bras créateur
A lancé dans l'espace un pont libérateur.

———oo﹜◉﹝oo———

A LA PROVENCE.

—

A M. Frédéric LEPEYTRE, père.

O toi, sur qui le Ciel a versé ses largesses,
Toi, qui de l'Orient étales les richesses,
Qu'un soleil italien éclaire avec amour,
Sois bénie, à jamais, terre, où j'ai vu le jour !
O mon noble pays, glorieuse contrée,
Par un Dieu bienfaisant splendidement parée,
Riche en beaux monuments, comme en vieux souvenirs,
Riant séjour des fleurs, des fruits et des plaisirs,
Pittoresque pays, Provence bien aimée,
Qu'on ne t'appelle plus la *gueuse parfumée* ! !
Si tu montres parfois aux regards désolés,
Une steppe poudreuse et des rochers pelés,
Pour le touriste, aussi, vieille coquette habile,
En contrastes divers tu sais être fertile ;
Et, déroulant sous lui de magiques tableaux,
Des sites, renommés pour l'ombrage et les eaux,
Par le secret puissant de tes métamorphoses,
Tu changes tes déserts en parterres de roses ;
Car, chez toi, l'effrayante et triste aridité
Est mêlée à l'éclat de la fécondité.
Tu ne possèdes pas les prés de la Touraine,
Les coteaux de Bourgogne et son immense plaine,

Et les vergers Normands, et les forêts du Nord.
Je le sais; mais, pour moi, mieux partagé du sort,
Tu jouis du climat, tiède et pur, de la Grèce
Et de ce beau soleil, qui chasse la tristesse.
Le ciel, environné de nébuleux brouillards,
Qui semble mettre en fuite et la grâce et les arts,
Ce ciel, que connaît tant la brumeuse Angleterre,
N'étend jamais sur toi son crêpe funéraire.
Toujours accidenté, ton sol luxuriant
Sait te donner partout un aspect souriant.
Les trésors enivrants d'une riche nature,
Les bouquets d'orangers, les tapis de verdure
Les riantes villas, les frais et doux vallons,
Tempé délicieux, Gémenos et Saint-Pons,
Les suaves parfums, les senteurs printanières
Du jardin fortuné de tes îles d'Hyères,
La brise de la mer, le murmure des pins,
Toutes ces voluptés, tous ces attraits divins,
Qui furent à jamais le lot de la Provence,
Viennent, comme un dictame, adoucir l'existence.
Ah! pour toi, mon pays, le ciel si complaisant
Doit, d'un chantre immortel, t'accorder le présent.
Oui, d'un second Virgile il te faut un poëme,
Qui, couronnant ton front d'un brillant diadème,
Célèbre ton climat, et tes flots azurés,
Tes vallons et tes champs d'épis de blés dorés;
Tes immenses troupeaux mugissant dans les plaines;
Tes débris du passé, tes temples, tes arènes;
Tes bruyantes cités, ton Rhône impétueux,
Ton désert de la Crau, vaste et majestueux,
Où parfois, le regard, trompé par le mirage,
Voit des objets absents la séduisante image;
Grasse, l'Eden du Var, où des nababs anglais
Pour leur séjour d'été, construisent des palais;
Vaucluse et sa fontaine, où résonnent encore

Les sonnets de Pétrarque et le doux nom de Laure ;
Avignon, et son *pont*, dont l'air est si fameux,
Offrant de son château les restes glorieux ;
Arle, où s'épanouit la beauté gracieuse,
Au teint blanc, regard vif, démarche langoureuse ;
Aix, la *cité-momie*, avec ses grands hôtels,
Qui, du bon roi Réné, rappellent les castels ;
Berre, avec ses étangs ; Toulon, son port de guerre,
De ses grands arsenaux l'appareil militaire,
Ses robustes remparts, ses vaisseaux imposants ;
Les gorges d'Ollioule, et leurs blocs effrayants ;
La Sainte-Baume, assise au haut d'un mont sauvage,
Où de gais voyageurs vont en pèlerinage ;
L'immortel monument du bourg Saint-Maximin,
A qui le moyen-âge a fait don d'un écrin.
Et toi, moderne Tyr, noble fille d'Homère,
Toi, la Reine des mers, ô Marseille, ma mère,
Qui vois dans tes deux ports, flotter tous les drapeaux,
Qui, sur tes larges quais, fais circuler, à flots,
Le luxe, la richesse, et la vie, et l'aisance ;
Toi qui, dans les splendeurs de ta munificence,
As doté mon pays d'un canal merveilleux,
Digne par sa beauté d'étonner nos aïeux ;
Un canal bienfaisant, qui vient porter sans cesse
Une mer, dans des champs frappés de sécheresse ;
Et ce Pont, qu'on dirait construit par un Titan,
Ce Pont aérien, à taille de géant...!

. . . .

. . . .

. . . .

Mais d'où vient ta tristesse, ô Provence éplorée ?
Pourquoi ce crêpe noir, tendu sur ma contrée ?
Pourquoi ces chants de mort, ce cortége de deuil,
Et ce peuple affligé, que précède un cercueil ?
C'est que Marseille, hélas ! vient de perdre un génie ;

Les subites douleurs d'une prompte agonie,
Ont, bien jeune, entraîné, dans l'éternel séjour,
L'auteur de son Canal et de Roquefavour.
De Mont–Richer n'est plus. — Sur la terre étrangère,
S'est éteinte bientôt sa brillante carrière.
Martyr de la science, et de son dévoùment,
Il se montra sublime à son dernier moment,
Où, loin des siens, en proie à de vives souffrances,
Il s'endormit, tranquille, en ses saintes croyances.
Orgueil de ma cité, puissant ingénieur,
Grand par l'intelligence, autant que par le cœur,
Va, Marseille à ton nom voue un culte fidèle.
Elle n'oublîra pas ce que tu fis pour elle.
Ton souvenir illustre y doit vivre à jamais;
Dans le marbre ou l'airain gravant tes nobles traits,
Elle éternisera, parmi nous, ta mémoire,
En offrant à nos yeux ta statue et ta gloire.

TABLE.

—

147

www.ingramcontent.com/pod-product-compliance
Lightning Source LLC
Chambersburg PA
CBHW071251210626
46818CB00013B/846